◆ 習字帖 ◆

小學一年級

新雅文化事業有限公司
www.sunya.com.hk

目錄

正確的執筆方法和寫字姿勢

正確的執筆方法

1. 用拇指和食指的第一指節前端執筆，用中指的第一指節側上部托住筆。
2. 大拇指、食指和中指自然變曲地執筆，無名指和小指則自然地彎曲靠在中指下方。
3. 筆桿的上端斜斜地靠在食指的最高關節處，筆桿和紙面約成 50 度角。
4. 執筆的指尖離筆尖約 3 厘米左右。
5. 手腕伸直，不能扭向內側。
6. 總括而言，執筆要做到「指實掌虛」，即是：手指執筆要實，掌心要中空，小指不能碰到手心。

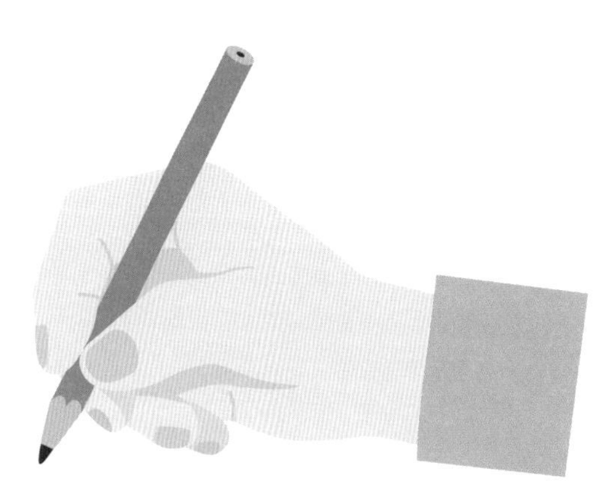

正確的寫字姿勢

1. **頭要正**：書寫時頭要放正，不能向左或向右偏側，並略向前傾，眼睛距離書本一呎（大約 30 厘米）左右。
2. **身要直**：胸膛挺起，腰背伸直，胸口距離書桌邊約一個拳頭位（大約 10 厘米）左右。
3. **肩要平**：兩肩齊平，不能一邊高，一邊低。
4. **兩臂張開**：兩臂自然地張開，伸開左手的五隻手指按住紙，右手書寫。如果是用左手寫字的，則左右手功能相反。
5. **雙腳平放**：雙腳自然地平放在地上，兩腳之間的距離與肩同寬，腳尖和腳跟同時踏在地上。

漢字的筆畫和寫法

筆畫

漢字筆畫的基本形式是點和線，點和線構成漢字的不同形體。

漢字的主要筆畫有以下八種：

筆畫名稱	點	橫	豎	撇	捺	挑	鈎	折
筆形	丶	一	丨	丿	㇏	㇀	亅	㇕

筆畫的寫法

筆畫名稱	筆形	寫法
點	丶	從左上向右下，起筆時稍輕，收筆時慢一點，重一點。
橫	一	從左到右，用力一致，全面平直，略向上斜。
豎	丨	從上到下，用力一致，向下垂直。
撇	丿	從右上撇向左下，略斜，起筆稍重，收筆要輕。
捺	㇏	從左上到右下，起筆稍輕，以後漸漸加重，再輕輕提起。
挑	㇀	從左下向右上，起筆稍重，提筆要輕而快。
鈎	亅	從上到下寫豎，作鈎時筆稍停頓一下，再向上鈎出，提筆要輕快。
折	㇕	從左到右再折向下，到折的地方稍微停頓一下，再折返向下。

以上的八種基本筆畫還可以互相組成複合筆畫，例如豎橫（㇗）、橫撇（㇇）、捺鈎（㇂）、撇點（㇛）、豎挑（㇙）等。

書包

筆順：

㇇ 〢 〢 〢 〢 聿 聿 書 書 書

丿 勹 匀 匀 包

書	包	書	包	書	包		

文具

筆順：

丶 亠 ナ 文

丨 冂 冃 月 目 且 具 具

文	具	文	具	文	具		

鉛筆

筆順：

丿 𠂉 𠆧 亼 仐 仐 余 金 釒 釓 釓 鉛
鉛
丿 𠂉 𥫗 𥫗 ⺮ ⺮ 竺 笁 笋 笔 筀 筆

鉛	筆	鉛	筆	鉛	筆		

課本

筆順：

丶 亠 亠 亖 言 言 言 言 訂 訂 訆 誩
諤 諤 課
一 十 才 木 本

課	本	課	本	課	本		

教室

筆順：

一 十 土 耂 耂 考 孝 孝 孝 教 教

丶 丷 宀 宀 宀 宀 宀 宀 室

教	室	教	室	教	室		

桌子

筆順：

丨 ⺊ ⺊ 卢 卢 白 卓 卓 卓 桌

乛 了 子

桌	子	桌	子	桌	子		

上學篇 玩樂篇 家庭篇 朋友篇 動物篇 自然篇 身體篇 生活篇 食物篇

黑板

筆順：

丶 冂 冂 罒 罒 罒 甲 里 里 里 黑 黑

一 十 才 木 木 杤 杤 板

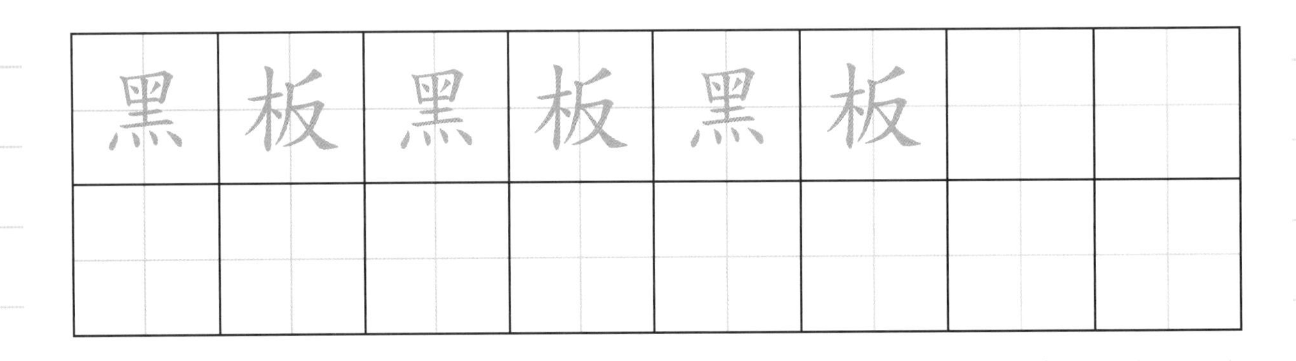

同學

筆順：

丨 冂 冂 同 同 同

丿 乂 乂 乂 爻 爻 爻 爻 𦥯 𦥯 𦥯 𦥯

𦥯 學 學 學

同	學	同	學	同	學		

老師

筆順：

一 十 土 耂 耂 老

丿 亻 𠂆 户 自 自 自一 自丁 師 師

老	師	老	師	老	師		

年級

筆順：

丿 𠂉 仁 仁 乍 年

幺 幺 幺 糸 糸 糸 糹 紉 紉 級

年	級	年	級	年	級		

上學篇
玩樂篇
家庭篇
朋友篇
動物篇
自然篇
身體篇
生活篇
食物篇

公園

筆順：

丿 八 公 公

丨 冂 冂 冂 冂 冂 冂 冃 冃 冃 冃 園 園

公	園	公	園	公	園		

玩耍

筆順：

一 二 千 王 王 玗 玩 玩

一 丆 丆 丙 丙 而 耍 耍 耍

玩	耍	玩	耍	玩	耍		

唱歌

筆順：

丨 冂 口 口丨 口冂 口日 口日 口旦 口冐 口冐 唱

一 丅 丆 可 可 可 哥 哥 哥 哥 哥 歌

歌 歌

唱	歌	唱	歌	唱	歌		

跳舞

筆順：

丨 冂 口 ⻊ ⻊ ⻊ 足 趴 趴 趴 跳 跳

跳

丿 𠂉 仁 無 無 無 無 無 無 舞 舞 舞

舞 舞

跳	舞	跳	舞	跳	舞		

散步

筆順：

一 十 廾 丗 丗 昔 昔 昔 昔 昔 散 散

丨 卜 𠄌 止 止 ⺊ 步

散	步	散	步	散	步		

下棋

筆順：

一 丁 下

一 十 才 木 木 朾 柑 柑 柑 棋 棋 棋

下	棋	下	棋	下	棋		

皮球

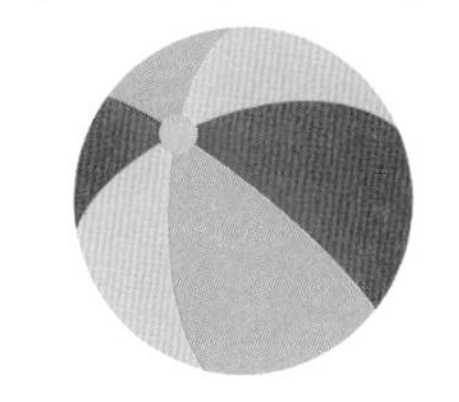

筆順：

乛 厂 广 皮 皮

一 二 干 王 王一 玎 玎 玎 玗 球 球

皮	球	皮	球	皮	球		

風箏

筆順：

丿 几 凡 凡 凧 凧 凬 風 風

ノ 𠂉 ⺮ ⺮ ⺮ ⺮ ⺮ ⺮ ⺮ ⺮ 箏 箏 箏 箏

風	箏	風	箏	風	箏		

滑梯

筆順：

丶 冫 氵 氵 汩 汩 泗 泗 泗 淠 滑 滑 滑

一 十 才 木 木 杓 杓 杓 梢 梯 梯

滑	梯	滑	梯	滑	梯		

涼亭

筆順：

丶 冫 氵 氵 氵 汸 沪 沪 淳 淳 涼

丶 亠 亠 亠 亠 亠 亯 亯 亭

涼	亭	涼	亭	涼	亭		

上學篇 玩樂篇 家庭篇 朋友篇 動物篇 自然篇 身體篇 生活篇 食物篇

父母

筆順：

丿 八 ⺈ 父

㇗ 𠙽 𠙽 毋 母

父	母	父	母	父	母		

孩子

筆順：

乛 了 子 孑 孑 孖 孩 孩 孩

乛 了 子

孩	子	孩	子	孩	子		

兄弟

筆順：

丨 ㄇ 口 尸 兄

丶 丷 䒑 当 弓 弟 弟

兄	弟	兄	弟	兄	弟		

姊妹

筆順：

ㄑ 女 女 女 女 姉 姊 姊

ㄑ 女 女 女 女 奸 妹 妹

姊	妹	姊	妹	姊	妹		

居住

筆順：

㇆ ㇆ 尸 尸 屈 屈 居 居

丿 亻 亻 亻 亻 亻 住

居	住	居	住	居	住		

温暖

筆順：

丶 丶 氵 氵 氵 氵 氵 氵 渦 温 温 温

丨 冂 月 日 日 日 日 日 日 日 日 暖 暖

温	暖	温	暖	温	暖		

整齊

筆順：

整	齊	整	齊	整	齊		

家具

筆順：

家	具	家	具	家	具		

房間

筆順：

丶 ㇇ コ 户 户 户 房 房

丨 𠃌 ㄕ 尸 戶 門 門 門 門 閅 間 間

房	間	房	間	房	間		

窗户

筆順：

丶 ⺍ 宀 宀 穴 穴 穴 穸 穸 窗 窗 窗

丶 ㇇ コ 户

窗	户	窗	户	窗	户		

朋友

筆順：

丿 冂 月 月 月丿 朋 朋 朋

一 ナ 方 友

朋	友	朋	友	朋	友		

一起

筆順：

一

一 十 土 丰 丰 走 走 起 起 起

一	起	一	起	一	起		

上學篇 玩樂篇 家庭篇 朋友篇 動物篇 自然篇 身體篇 生活篇 食物篇

分享

筆順：

ノ 八 分 分

丶 亠 亠 亠 亠 亠 亨 享

分	享	分	享	分	享		

聊天

筆順：

一 丆 𬼀 冂 月 耳 耳 耶 聊 聊 聊

一 二 チ 天

聊	天	聊	天	聊	天		

互相

筆順：

一 工 互 互

一 十 才 木 朩 村 机 相 相

互	相	互	相	互	相		

幫忙

筆順：

一 十 土 圭 圭 圭 圭 封 封 封 幇 幇
幇 幇 幇 幫 幫

丶 丨 忄 忄 忙 忙

幫	忙	幫	忙	幫	忙		

上學篇 玩樂篇 家庭篇 朋友篇 動物篇 自然篇 身體篇 生活篇 食物篇

認識

筆順：

、 亠 亠 亠 言 言 言 訒 訒 訒 訒 認 認 認

、 亠 亠 亠 言 言 言 訁 訁 訁 訁 訁 諳 諳 諳 諳 識 識 識

認	識	認	識	認	識		

吵架

筆順：

丨 口 口 口 叫 吵 吵

フ 力 力 加 加 加 架 架 架

吵	架	吵	架	吵	架		

和睦

筆順：

丿 二 千 禾 禾 禾 和 和

丨 冂 月 月 目 目 目 目 目 目 目 目 睦

和	睦	和	睦	和	睦		

歡笑

筆順：

歡

丿 𠂉 ⺮ ⺮ ⺮ ⺮ ⺮ 竺 笑 笑

歡	笑	歡	笑	歡	笑		

小狗

筆順：

丨 亅 小

丿 犭 犭 犭 犳 犳 狗 狗

小	狗	小	狗	小	狗		

兔子

筆順：

丿 ⺈ ⺈ 㐫 㐫 免 兔 兔

乛 了 子

兔	子	兔	子	兔	子		

金魚

筆順：

ノ 人 亼 亼 仐 仒 金 金

ノ ⺈ ⺈ 仴 仴 角 角 角 魚 魚 魚

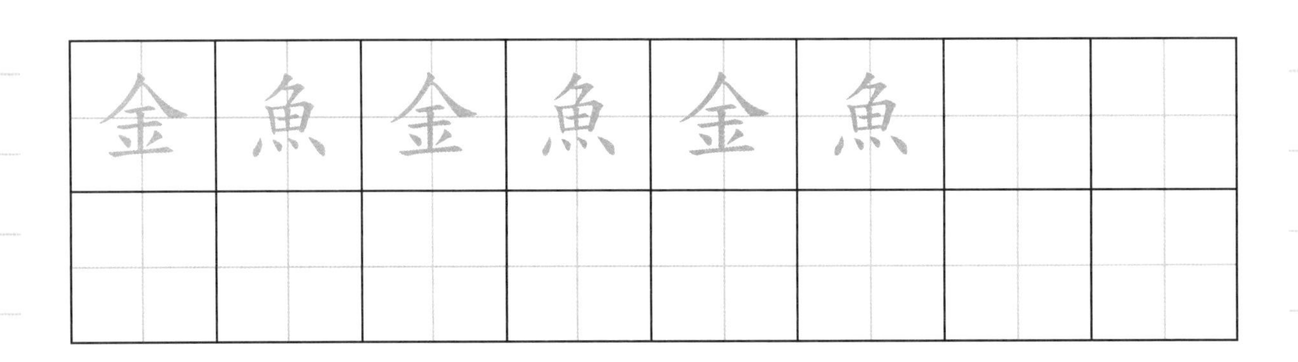

金	魚	金	魚	金	魚		

雀鳥

筆順：

丨 丨 小 少 少 雀 雀 雀 雀 雀 雀

ノ 亻 户 白 白 自 鳥 鳥 鳥 鳥 鳥

雀	鳥	雀	鳥	雀	鳥		

青蛙

筆順：

一 二 丰 丰 丰 青 青 青

丨 口 口 中 虫 虫 虫 虫 虫 蚌 蚌 蛙

青	蛙	青	蛙	青	蛙		

公雞

筆順：

丿 八 公 公

丿 丿 么 ⺈ 幺 至 至 奚 奚 奚 奚 奚 雞 雞 雞 雞 雞 雞

公	雞	公	雞	公	雞		

上學篇 玩樂篇 家庭篇 朋友篇 動物篇 自然篇 身體篇 生活篇 食物篇

松鼠

筆順：

一 十 才 木 朩 朩 松 松

丿 ⺁ ⺊ 𦥑 𦥑 臼 𦥔 𦥔 𦥔 鼠 鼠 鼠
鼠

松	鼠	松	鼠	松	鼠		

綿羊

筆順：

𠃋 幺 幺 糸 糸 糸 糹 糹 綿 綿 綿 綿
綿 綿

丶 丷 䒑 䒑 兰 羊

綿	羊	綿	羊	綿	羊		

猴子

筆順：

丿 犭 犭 犭 犭 犭 犭 犭 犭 猴 猴 猴

乛 了 子

猴	子	猴	子	猴	子		

河馬

筆順：

丶 冫 氵 沪 沪 河 河 河

一 厂 F F 馬 馬 馬 馬 馬 馬

河	馬	河	馬	河	馬		

青草

筆順：

一 二 丰 龶 青 青 青 青

一 十 卄 艹 艹 芇 苩 苜 荁 草

青	草	青	草	青	草		

花朵

筆順：

一 十 卄 艹 艻 芢 芲 花

丿 几 凡 朵 朵 朵

花	朵	花	朵	花	朵		

樹木

筆順：

一 十 才 木 木 木 朩 朩 朩 朩 朩 朩
朩 朩 樹 樹
一 十 才 木

樹	木	樹	木	樹	木		

天空

筆順：

一 二 チ 天

丶 丶 宀 穴 穴 空 空 空

天	空	天	空	天	空		

上學篇 玩樂篇 家庭篇 相反篇 動物篇 自然篇 身體篇 生活篇 食物篇

白雲

筆順：

丿 𠂆 冂 白 白

一 ⺁ 冖 帀 帀 雨 雨 雨 雨 雲 雲 雲

白	雲	白	雲	白	雲		

太陽

筆順：

一 𠂇 大 太

㇇ 了 阝 阝丨 阝冂 阝日 阝日 阝旦 阝昜 陽 陽 陽

太	陽	太	陽	太	陽		

河流

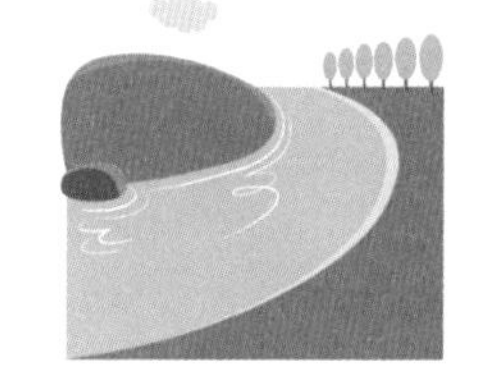

筆順：

丶 丶 氵 汀 汀 河 河 河

丶 丶 氵 氵 汁 泞 浐 浐 浐 流

河	流	河	流	河	流		

大海

筆順：

一 ナ 大

丶 丶 氵 氵 汁 汇 海 海 海 海

大	海	大	海	大	海		

黑夜

筆順：

丶 冂 冋 罒 罒 罒 甲 里 里 黑 黑 黑

丶 亠 广 广 疒 疕 夜 夜

黑	夜	黑	夜	黑	夜		

月亮

筆順：

丿 冂 月 月

丶 亠 亠 亠 亠 亠 亭 亭 亮

月	亮	月	亮	月	亮		

上學篇 玩樂篇 家庭篇 朋友篇 動物篇 自然篇 身體篇 生活篇 食物篇

眼睛

筆順：

丨 冂 冃 冃 目 目ㄱ 目ㄱ 目ヨ 目ヨ 眼 眼

丨 冂 冃 冃 目 目一 目二 目十 目圭 目丰 睛 睛
睛

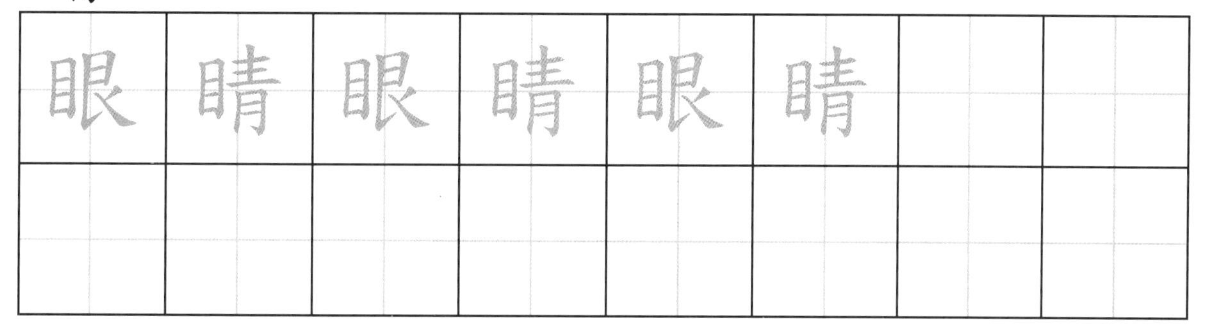

耳朵

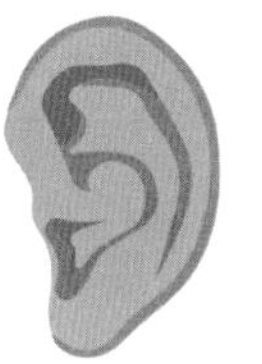

筆順：

一 丆 丌 丌 耳 耳

丿 几 几 朵 朵 朵

耳	朵	耳	朵	耳	朵		

鼻子

筆順：

丿 亻 白 白 白 自 自 皀 皀 皀 畠 畠

鼻 鼻

㇇ 了 子

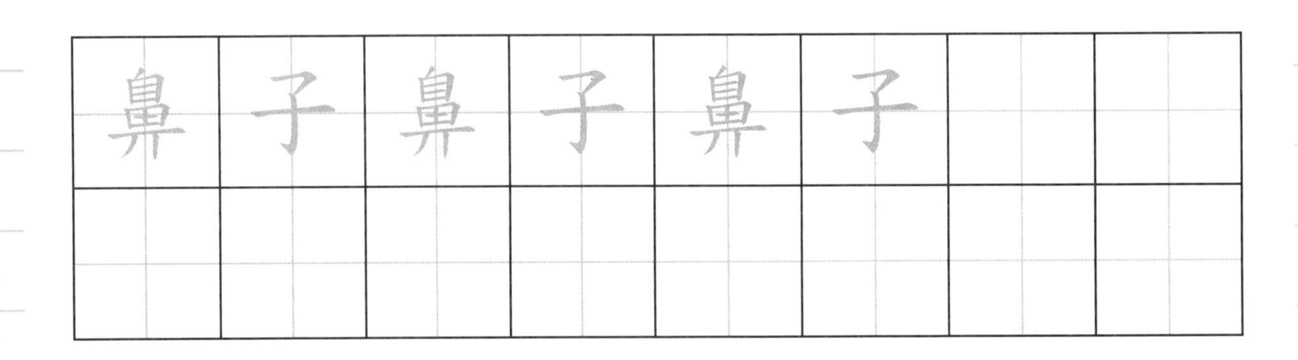

眉毛

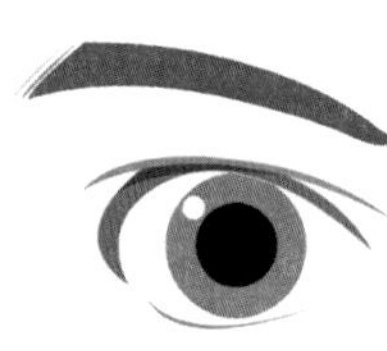

筆順：

㇕ 㔾 ㇆ 尸 尸 屑 眉 眉 眉

丿 二 三 毛

眉	毛	眉	毛	眉	毛		

嘴巴

筆順：

嘴

巴

嘴	巴	嘴	巴	嘴	巴		

牙齒

筆順：

牙

齒

牙	齒	牙	齒	牙	齒		

頭髮

筆順：

一 … 豆 … 頭 頭 頭 頭

一 … 長 … 髟 … 髮 髮 髮

頭	髮	頭	髮	頭	髮		

肩膀

筆順：

丶 … 户 … 肩 肩 肩

丿 月 月 月 … 膀 膀

肩	膀	肩	膀	肩	膀		

手臂

筆順：

丿 二 三 手

乛 コ 尸 尸 启 启 启 启 启 启 辟 辟

辟 辟 臂 臂 臂

手	臂	手	臂	手	臂		

腳趾

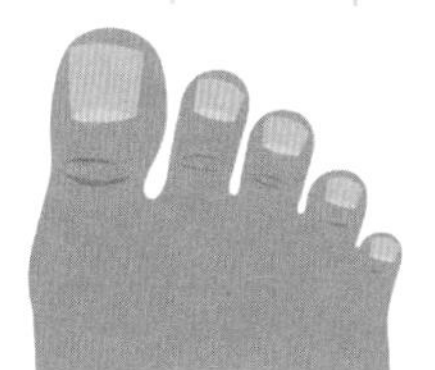

筆順：

丿 刀 月 月 月 月 肸 肸 脉 脚 脚 脚

腳

丨 ㄇ 口 ⻊ ⻊ ⻊ ⻊ 趾 趾 趾 趾

腳	趾	腳	趾	腳	趾		

刷牙

筆順：

ㄱ コ 尸 尸 吊 吊 吊 刷

一 二 于 牙

刷	牙	刷	牙	刷	牙		

洗澡

筆順：

丶 丶 氵 氵 氵 氵 泆 洗 洗

丶 丶 氵 氵 氵 氵 氵 氵 氵 氵 氵 氵

澡 澡 澡 澡

洗	澡	洗	澡	洗	澡		

清潔

筆順：

丶 冫 氵 氵 汀 泮 浐 浐 清 清 清

丶 冫 氵 氵 汀 泮 浐 潔 潔 潔 潔 潔 潔 潔 潔

清	潔	清	潔	清	潔		

打掃

筆順：

一 丨 扌 扌 打

一 丨 扌 扌 扫 扫 扫 掃 掃 掃 掃

打	掃	打	掃	打	掃		

上學篇
玩樂篇
家庭篇
朋友篇
動物篇
自然篇
身體篇
生活篇
食物篇

鏡子

筆順：

丿 … 金 … 鏡

了 子

鏡	子	鏡	子	鏡	子		

毛巾

筆順：

丿 … 毛

丨 冂 巾

毛	巾	毛	巾	毛	巾		

衣服

筆順：

丶 亠 ナ 衤 衣 衣

丿 刀 月 月 月 肝 服 服

衣	服	衣	服	衣	服		

皮鞋

筆順：

乛 厂 广 皮 皮

一 十 廿 廿 廿 廿 廿 革 革 革 革 革

革 鞋 鞋

皮	鞋	皮	鞋	皮	鞋		

蔬菜

筆順：

蔬	菜	蔬	菜	蔬	菜		

水果

筆順：

水

果

水	果	水	果	水	果		

海鮮

筆順：

丶 冫 氵 氵 氵 汇 海 海 海 海

丿 ⺈ ⺈ 各 各 角 角 魚 魚 魚 魚 魚

魚 魚 魚 魚 鮮

海	鮮	海	鮮	海	鮮		

飲料

筆順：

丿 ⺈ ⺈ 今 今 今 食 食 食 飲 飲 飲

丶 丷 丷 半 米 米 米 米 料 料

飲	料	飲	料	飲	料		

牛奶

筆順：

ノ 𠂉 𠂒 牛

ㄑ 女 女 如 奶

牛	奶	牛	奶	牛	奶		

麵包

筆順：

一 十 才 木 朩 朩 夾 夾 麥 麥 麥 麥

麵 麵 麵

ノ 勹 勺 匀 包

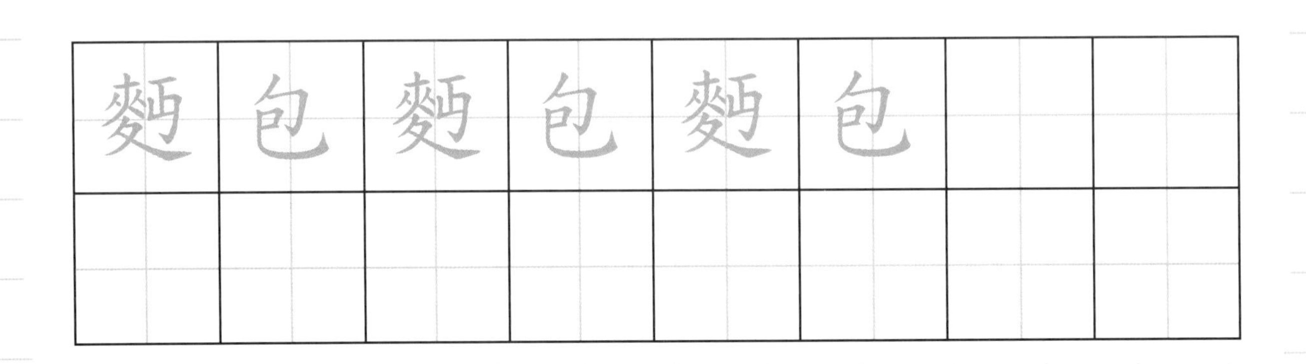

餅乾

筆順：

丿 𠆢 𠆢 今 今 今 飠 飠 飠 飠′ 飠⺍ 飠⺍
飣 餅

一 十 𠀁 古 古 古 直 卓 草 𠦝 乾

餅	乾	餅	乾	餅	乾		

糖果

筆順：

丶 丷 䒑 半 米 米 米丶 米亠 米广 米户 米户 米户
糖 糖 糖 糖

丨 冂 日 日 旦 甲 果 果

糖	果	糖	果	糖	果		

詞語硬筆習字帖——小學一年級

編　　著：新雅編輯室
繪　　圖：立雄
責任編輯：葉楚溶
美術設計：鄭雅玲
出　　版：新雅文化事業有限公司
香港英皇道 499 號北角工業大廈 18 樓
電話：(852) 2138 7998
傳真：(852) 2597 4003
網址：http://www.sunya.com.hk
電郵：marketing@sunya.com.hk
發　　行：香港聯合書刊物流有限公司
香港荃灣德士古道 220-248 號荃灣工業中心 16 樓
電話：(852) 2150 2100
傳真：(852) 2407 3062
電郵：info@suplogistics.com.hk
印　　刷：中華商務彩色印刷有限公司
香港新界大埔汀麗路 36 號
版　　次：二〇二〇年七月初版
二〇二三年八月第四次印刷

ISBN: 978-962-08-7524-3

18/F, North Point Industrial Building, 499 King's Road, Hong Kong
Published in Hong Kong SAR, China
Printed in China